半小时
漫画小古文
中国经典民间故事

徐日辉/主编
张　欣/编写

哈哈一笑，就读懂了！

浙江教育出版社·杭州

序

在教育部最新颁布的《义务教育课程方案(2022年版)》中,语文学科九年的总课时占比超过五分之一。《义务教育语文课程标准(2022年版)》(以下简称《课程标准》)指出:"语文课程的多重功能和奠基作用,决定了它在九年义务教育中的重要地位。"由此可见,语文学科很重要,但它也很难。学习语文,不仅要长期积累词句、培养阅读能力,还要战胜有点难懂的古诗文。根据《课程标准》,孩子们在小学阶段要背诵一百六十篇(段)优秀诗文,其中古文占据了一定的比例。因此,学好古文,显得尤为重要。

很多孩子知道学习古文很重要,却不知道学习古文的益处与真正的缘由。首先,学习古文能帮助我们积累字词,了解汉语的发展与演变,让我们在潜移默化中积累写作的素材。其次,古文学习是一种跨学科的交叉学习。在学习古文的同时,我们可以接触到中国古代哲学、历史、政治等多学科知识,了解不少历史典故,认识不少古代名人,了解中华文明的发展。

可古文中层出不穷的生字,拗口难懂的语句明显加大了孩子阅读古文的难度。为此,我们策划编写了这本《半小时漫画小古文——中国经典民间故事》(以下简称《小古文》),精选充满故事性的古文,通过诙谐幽默的演绎,让古文不再难懂。孩子们不仅能学习古文,还能从中了解到中华优秀传统文化。

《小古文》由二十个传承有序的经典民间故事组成,分别为:盘古开天辟地、女娲补天、燧木取火、神农尝百草、精卫填海、黄帝战蚩尤、夸父逐日、后羿射日、嫦娥奔月、舜耕历山、大禹治水、愚公移山、老子的传说、孔子的传说、干将莫邪、伯乐相马、黄香温席、孔融让梨、曹冲称象和木兰从军。

这些故事不仅寓意深远,还传达着我们祖先敢于奋斗、积极向上的精神。例如,盘古开天辟地,讲的正是有关中华民族起源和文明发生的神话传说,正如俗语所言,"自从盘古开天地,三皇五帝到如今"。女娲补天讲述的是在洪荒时代发生了一次特别大的洪水,古人质朴地认为是天漏导致连天大雨,而女娲不畏艰辛精炼五彩宝石,将天修补完全,免除了洪水的侵害,保障了中华民族的繁衍生息。

后羿时期,天极为干旱,千年不遇,据说有十个太阳挂在空中,将大地的庄稼和其他植物都烤焦了。这时,大英雄后羿挺身而出,用巨大的弓箭射掉九个太阳,让天气恢复正常,人们又开始了快乐的生活。而距今约四千年前的五帝时期,情形则正好相反,当时的大洪水同样也是千年不遇。长时间的洪灾使田地荒芜,甚至出现了禽兽当道,与民众争夺生活空间的场面,惨不忍睹。大禹临危受命,吸取父亲鲧治水的经验教训,采用疏导的方法,终于平复了水患。大禹治水十三年,三过家门而不入的事迹流传至今。

精卫填海、夸父逐日、愚公移山是中华民族古往今来的励志佳篇,着眼点在凸显持之以恒的信念。嫦娥奔月是中国经典民间故事,反映出古人对外太空的向往。党的十八大以来,我国航天事业不断刷新纪录,航天科技水平实现跨越式发展,一次次飞天逐梦,一次次将梦想变为现实。

"唧唧复唧唧,木兰当户织……万里赴戎机,关山度若飞。"一篇《木兰诗》成为巾帼不让须眉的代言词,花木兰替父从军的故事千古流传,熠熠闪光。

中华文明源远流长,中国文化博大精深。老子是道家的开拓者,孔子是儒家的集大成者,他们都是中国历史上伟大的思想家。

    我们要学好语文,传承中华优秀文化,真正做到文化自信,不识古文、不懂古文可不行。本书集学习古文和欣赏漫画为一体,深入浅出,寓意深远。聊此数语,是为书序。

徐日辉

目录

盘古开天辟地　　　　　　/ 1

女娲补天　　　　　　　　/ 5

燧木取火　　　　　　　　/ 9

神农尝百草　　　　　　　/ 13

精卫填海　　　　　　　　/ 17

黄帝战蚩尤　　　　　　　/ 21

夸父逐日　　　　　　　　/ 25

后羿射日　　　　　　　　/ 29

嫦娥奔月　　　　　　　　/ 33

舜耕历山　　　　　　　　/ 37

大禹治水	/ 41
愚公移山	/ 45
老子的传说	/ 51
孔子的传说	/ 55
干将莫邪	/ 59
伯乐相马	/ 65
黄香温席	/ 71
孔融让梨	/ 75
曹冲称象	/ 79
木兰从军	/ 83

听说你们半小时就能教会我小古文！

小菜一碟！

盘古开天辟地

天地混沌如鸡子①,盘古生其中。万八千岁,天地开辟,阳清②为天,阴浊③为地。盘古在其中,一日九变,神于天,圣于地。天日高一丈,地日厚一丈,盘古日长一丈。如此万八千岁,天数极高,地数极深,盘古极长,后乃有三皇④。数起于一,立于三,成于五,盛于七,处于九,故天去地九万里。

——唐·欧阳询等《艺文类聚》卷一节选

注释:①鸡子:鸡蛋。 ②阳清:轻而清的阳气。 ③阴浊:重而浊的阴气。 ④三皇:传说中的远古帝王。

故事是这样的

很久很久以前,天地还没有分开,宇宙混沌一团就像一个鸡蛋。盘古就生活在这片混沌之中。经过一万八千年,盘古把天地分开了,轻而清的阳气上升汇聚成了天空,重而浊的阴气下沉凝结成了大地。盘古在这天地之间一日九变,头顶天、脚踏地,与天齐高,与地同宽。天空每日升高一丈,大地每日增厚一丈,盘古每日长高一丈。就这样过了一万八千年,天升得非常高,地沉得非常深,盘古长得极其高大。盘古开天辟地之后,三皇及其部落才出没于这天地之间。在这一万八千年间,随着天、地、盘古的不断生长,天地之间相距达九万里。

(引申)盘古死后,他的身体化为万物:他的呼吸化作了风云,声音化作了雷霆,左眼化作了太阳,右眼化作了月亮,四肢五体化作了四极五岳,血液化作了江河,筋脉化作了地脉,肌肉化作了田地,头发、胡须化作了星辰,皮肤、体毛化作了草地、森林,牙齿、骨骼化作了金属、岩石,精气骨髓化作了珍珠、美玉,汗水化作了雨露甘霖……

漫趣小古文

很久很久以前,宇宙混沌一团像一颗鸡蛋。

后来盘古出生了,阳气上升形成了天,阴气下沉结成了地。

天上升一丈,地就向下增厚一丈,盘古长高一丈。

就这样过了一万八千年,天和地相距了九万里。盘古太累了,扑通一声倒下了。他的左眼化作了太阳,右眼化作了月亮,肢体化作了山峰与土地,血液化作了奔腾的江河……

诗歌朗读馆

题盘古山二首（其一）

宋·曾丰

太初盘古造乾(qián)坤(kūn)，鬼力神筋擘(bò)混元。
妙果虽圆心不有，凡身已蜕迹独存。
女娲(wā)石带补天色，波利岩余飞锡痕。
想与南安白衣老，三生元是一精魂。

你知道吗

盘古开天辟地的故事最早记载于三国时吴国人徐整编撰的《三五历纪》。但盘古的传说很可能早在文字尚未发明的远古时代就已经出现，国内发现的一些史前岩画中也有类似盘古手持石斧顶天立地的形象。

来挑战吧

🥣 传说盘古倒下后，他的四肢五体化作了四极五岳。你知道五岳各是哪几座名山吗？

女娲补天

昔者女娲氏炼五色石以补其阙(quē),断鳌(áo)之足以立四极①。其后共工氏②与颛顼(zhuān xū)③争为帝,怒而触不周之山④,折天柱,绝地维⑤,故天倾西北,日月星辰就⑥焉⑦;地不满东南,故百川水潦(lǎo)⑧归焉。

——《列子·汤问》节选

注释:①四极:天之四极,指古代神话传说中四方的擎天柱。 ②共工氏:炎帝后裔,上古神话中的水神。 ③颛顼:黄帝后裔,五帝之一。 ④不周之山:上古神话中地处西北隅的名山。原为天柱,经共工所触,山有缺口,故名曰不周。 ⑤地维:维系大地的绳子。古人以为天圆地方,天有九柱支撑,地有四维系缀。也指地的四角。 ⑥就:靠近,向……迁移。 ⑦焉:代词,指前文提到的西北。 ⑧水潦:积水。

故事是这样的

远古时期,天缺了个口子,女娲氏炼造五色石来修补,又斩断鳌脚立在地的四角上来支撑。后来,共工氏与颛顼争夺帝位,共工因失败而怒撞不周山,折断了支撑天空的大柱子,斩断了维系大地的绳子。所以,天向西北倾斜,日月星辰都自东向西移动;大地向东南下沉,江河百川都向东南流淌。

诗歌朗读馆

李凭①箜篌②引

唐·李贺

吴丝蜀桐张高秋,空山凝云颓不流。
江娥啼竹素女愁,李凭中国③弹箜篌。
昆山玉碎凤凰叫,芙蓉泣露香兰笑。
十二门前融冷光,二十三丝动紫皇。
女娲炼石补天处,石破天惊逗秋雨。
梦入神山教神妪,老鱼跳波瘦蛟舞。
吴质④不眠倚桂树,露脚斜飞湿寒兔。

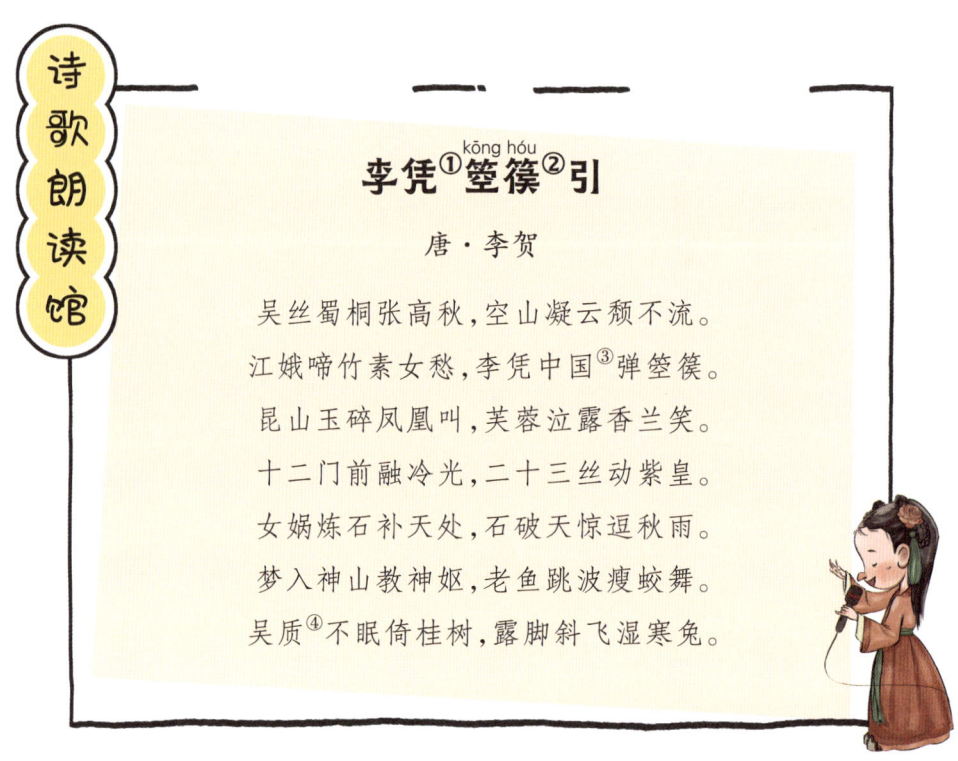

注释:①李凭:艺人,善弹奏箜篌。 ②箜篌:古代弦乐器。 ③中国:国之中央,意谓在京城。 ④吴质:即吴刚。

漫趣小古文

女娲炼造了三万六千五百零一块五色石来补天空的残缺。

女娲补天剩下的一块五色石,还记得曾经的故事。

直到有一天,有一僧一道经过它的身边。在五色石的再三哀求下,一僧一道施法,将它带到凡间。

五色石投胎到一户官宦人家,被含在小公子的嘴里一同出生。从此,它与这个名叫贾宝玉的小公子有了一个奇妙的故事。

清代作家曹雪芹将五色石在凡间的所见所闻写成了小说,取名《石头记》,又名《红楼梦》。

你知道吗

相传《列子》是战国初期道家学派代表人物列御寇及其弟子、后学所著的一部典籍。《列子》中记述了很多寓言故事、神话传说,大家耳熟能详的女娲补天、愚公移山、夸父逐日、杞人忧天等故事就出自《列子》。《列子》中记述的孔子东游见两小儿辩日的故事还被编入统编小学语文教材。

来挑战吧

- 你知道日月为什么会升落,江河为什么会东流吗?这些美丽又神奇的自然现象不仅被编成了有趣的故事,还被诗人写成了美丽的诗篇。试着找一首描写大自然的诗篇吧。

燧木取火

民食果蓏^①蚌蛤，腥臊恶臭而伤害腹胃，民多疾病。有圣人作，钻燧^②取火，以化腥臊，而民说^③之，使王天下，号之曰燧人氏。

——《韩非子·五蠹》节选

注释：①蓏：瓜类植物的果实。 ②燧：古代取火的器具。 ③说：通"悦"，喜欢。

故事是这样的

上古时代,人们吃的是生的瓜果和蚌蛤,食物腥臊恶臭又伤人肠胃,人们因此常遭疾病困扰。这时候出现了一位圣人,他发明了钻木取火的方法,用火烧烤食物,除掉食物的腥臊臭味;人们因此很爱戴他,推举他治理天下,称他为燧人氏。

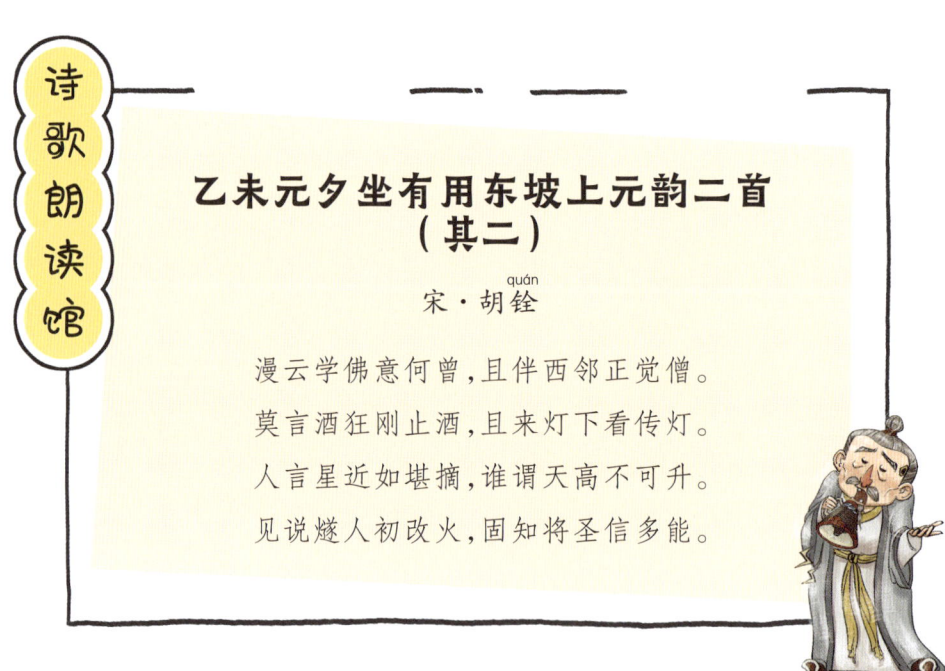

诗歌朗读馆

乙未元夕坐有用东坡上元韵二首（其二）

宋·胡铨(quán)

漫云学佛意何曾,且伴西邻正觉僧。
莫言酒狂刚止酒,且来灯下看传灯。
人言星近如堪摘,谁谓天高不可升。
见说燧人初改火,固知将圣信多能。

漫趣小古文

很久很久以前,人们常常会被野兽吃掉。于是一个部落首领发明了在树上搭建房子,人们都爬上树,并亲切地称呼他为"有巢氏"。

很久很久以前,人们爱吃生的食物,结果个个都得了肠胃病。于是又有一个首领发明了钻木取火的方法,人们都吃起了烧烤,并称呼他为"燧人氏"。

韩非子故事会

中古时代,洪水泛滥,大禹率领民众开山劈石,分泄洪水。

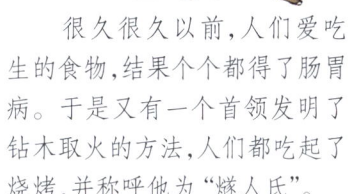

再到后来就出现了像夏桀、商汤这种整天喊打喊杀的暴君。

古时候那些大人物们都会定时更新自己做事的方法,如果像机器人那样只会执行一种程序那可就要闹出笑话了。

话说古时候的宋国就有一个农夫,一天碰巧捡到了一只撞死在树桩上的兔子。从此,农夫便不再种地,整天守着树桩,等待着下一只兔子撞死在树桩前。

你知道吗

燧人氏,燧明国(今河南商丘)人。传说中燧人氏发明了钻木取火的技术,结束了远古人类茹(rú)毛饮血的历史,开创了华夏文明的新纪元,被尊为"燧皇",奉为"火祖"。在一些古书中,燧人氏与伏羲氏、神农氏并称为"三皇"。

来挑战吧

- 韩非子常常通过一些生动有趣的寓言故事来阐释自己的观点,比如守株待兔的故事就出自《韩非子》。你还知道哪些寓言故事也出自《韩非子》?

神农尝百草

古者,民茹①草饮水,采树木之实②,食蠃蚌③之肉,时多疾病毒伤之害。于是神农乃始教民播种五谷④,相土地之宜,燥湿肥墝⑤高下;尝百草之滋味、水泉之甘苦,令民知所辟就。当此之时,一日而遇七十毒。

——西汉·刘安《淮南子》节选

注释:①茹:吃。 ②实:果实。 ③蠃蚌:蠃,通"螺";蚌,通"蚌",泛指螺蛳、蚌蛤之类的生物。 ④五谷:稻、黍(shǔ)、稷(jì)、麦、菽(shū)。黍,黄米;稷,小米;菽,豆类的统称。 ⑤墝:土壤坚硬贫瘠。

故事是这样的

远古时候,人们吃野菜、喝生水,采树上的果实充饥,吃生的螺蚌肉果腹,那时候人们经常生病,受到有毒食物的伤害。于是,神农便开始教人们播种五谷,观察土壤干燥湿润、土地肥沃贫瘠、地势高低的情况,看它们适宜种什么样的农作物。神农还亲自去品尝百草、饮各种水,有时候,神农一天之中会遭受七十次的食物中毒。就这样,他以自己的实践结果,让人们懂得识别什么植物可以吃,什么植物有毒,什么植物可以解毒。

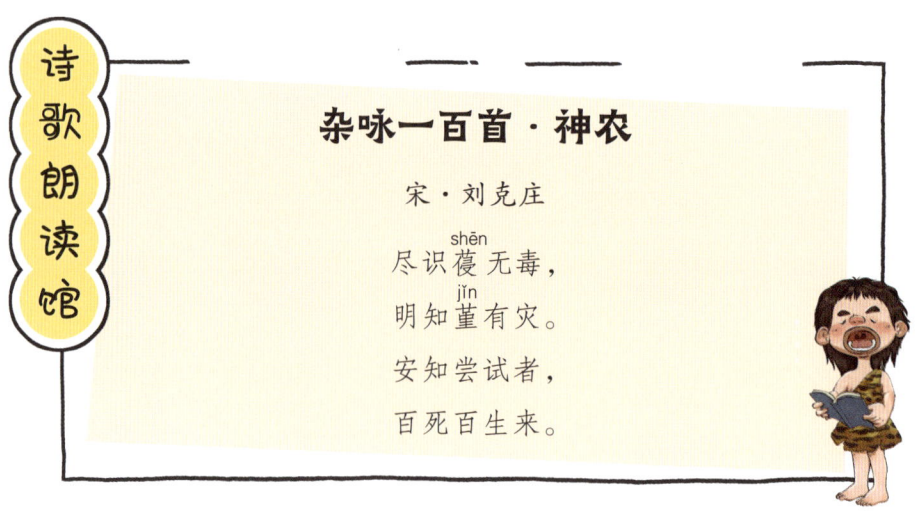

诗歌朗读馆

杂咏一百首·神农

宋·刘克庄

尽识葠(shēn)无毒,
明知堇(jǐn)有灾。
安知尝试者,
百死百生来。

漫趣小古文

神农尝百草的故事来自《淮南子》这本书。此书是淮南王刘安和他的门客们一起写的。

刘安不仅是个贵族,还是个好奇宝宝。

他曾网罗了数千名聪明人作为门客,和他们一起读书,一起炼丹。

他们写了不少有趣的文章……

还在炼制丹药的过程中不小心发明了豆腐。

刘安经常与八位重要的门客上山团建,一起看看风景喝喝茶。百姓为了纪念这群神奇的人,便把他们常常爬的山起名为"八公山"。

你知道吗

《淮南子》又名《淮南鸿烈》,是由西汉淮南王刘安及其门客收集史料集体编著的一部哲学著作。这部书的思想内容以道家思想为主,同时夹杂了诸子百家学说,此外还记载了一些神话传说和寓言故事,如女娲补天、后羿射日、共工怒触不周山、嫦娥奔月、塞翁失马等。

来挑战吧

- 你知道神农教民众播种的五谷都是什么吗?你还知道我国历史上有哪些像神农这样传奇又富有奉献精神的人?

精卫填海

有鸟焉,其状如乌,文①首、白喙②、赤足,名曰精卫,其鸣自詨③。是炎帝之少女④,名曰女娃。女娃游于东海,溺⑤而不返,故为精卫,常衔西山之木石,以堙⑥于东海。

——《山海经·北山经》节选

注释:①文:通"纹",花纹。 ②喙:嘴。 ③詨:通"叫"。自詨,叫自己的名字。 ④少女:最小的女儿。 ⑤溺:溺水。 ⑥堙:填塞。

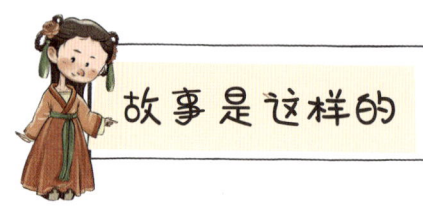

故事是这样的

有一种鸟,外形像乌鸦,脑袋上有花纹,白色的嘴、红色的脚爪,名叫精卫,它的叫声像在呼唤自己的名字。精卫原本是炎帝的小女儿,名叫女娃。女娃在东海嬉戏时,不幸溺水身亡,因此化为精卫鸟,常常衔着西山的树枝和石子,用来填塞东海。

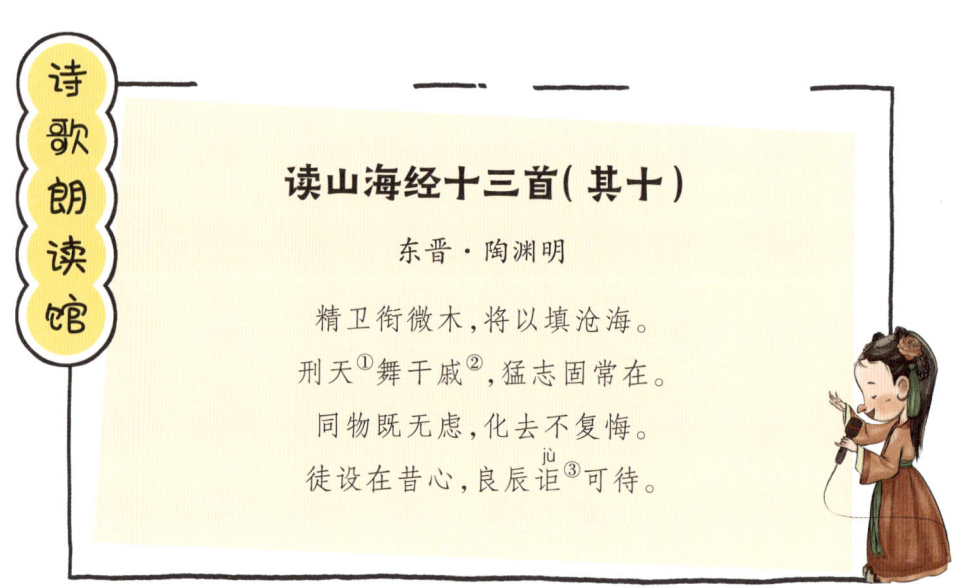

诗歌朗读馆

读山海经十三首(其十)

东晋·陶渊明

精卫衔微木,将以填沧海。
刑天①舞干戚②,猛志固常在。
同物既无虑,化去不复悔。
徒设在昔心,良辰讵③可待。

注释:①刑天:神话人物。 ②干戚:斧盾。干,盾。戚,斧。 ③讵:岂。

漫趣小古文

很久很久以前,北方有一座发鸠山。山上有一只鸟,会发出"精卫、精卫"的叫声。

其实精卫原本是炎帝的小女儿,名叫女娃。女娃在东海游玩,一不小心掉进海里淹死了,后来就化为一只鸟。

生气的精卫决定要和东海大战一场。

她从山上衔来一颗颗石子,发誓要填平东海。

经过精卫的努力,东海吓得一点一点向东逃去,精卫神奇地用石子填出了一片平原。

你知道吗

　　《山海经》是中国上古时期的一部奇书,共计十八卷,包括《山经》五卷,《海经》八卷,《大荒经》四卷,《海内经》一卷。《山海经》内容包罗万象,不仅介绍了上古传说中的地理知识,还记载了一些脍炙人口的神话传说,如精卫填海、夸父逐日、大禹治水等。

来挑战吧

- 你知道"五湖四海"中的"五湖"指的是哪五个湖泊吗?"四海"指的是哪四片海域呢?

- 黄河发源于青藏高原,流经九省(自治区),你知道它最终注入哪片海域吗?

黄帝战蚩尤

轩辕①乃修德振兵,治五气②,蓺③五种④,抚万民,度⑤四方,教熊罴貔貅貙虎⑥,以与炎帝战于阪泉之野。三⑦战,然后得其志。蚩尤⑧作乱,不用⑨帝命。于是黄帝乃征师⑩诸侯,与蚩尤战于涿鹿之野,遂禽⑪杀蚩尤。

——西汉·司马迁《史记·五帝本纪》节选

注释:①轩辕:我国古代传说中黄帝的名字。 ②五气:主宰时令的五行之气。 ③蓺:通"艺",种植。 ④五种:指五谷。 ⑤度:丈量。 ⑥熊罴貔貅貙虎:皆为猛兽,用来比喻勇猛的士兵。 ⑦三:既可以理解为实数,即三次,也可以理解为约数,即多次。 ⑧蚩尤:我国古代传说中制造兵器的人,又传为主兵之神。 ⑨用:使发挥功用,这里指听从。 ⑩师:军队。 ⑪禽:通"擒",捉拿、捉住。

故事是这样的

轩辕修行德业,整顿军队,研究四时节气变化,种植五谷,安抚民众,丈量四方的土地,训练勇猛的军队,在阪泉的郊野跟炎帝交战,先后打了数仗,才征服炎帝,如愿得胜。蚩尤发动叛乱,不听从黄帝的号令。于是,黄帝征调诸侯的军队,在涿鹿的郊野与蚩尤作战,最终擒获并杀死了蚩尤。

诗歌朗读馆

保涿州三诗·涿鹿

宋·文天祥

我瞻涿鹿野,古来战蚩尤。
轩辕此立极,玉帛朝诸侯。
历历关河雁,随风鸣寒秋。
迩来三千年,王气行幽州。

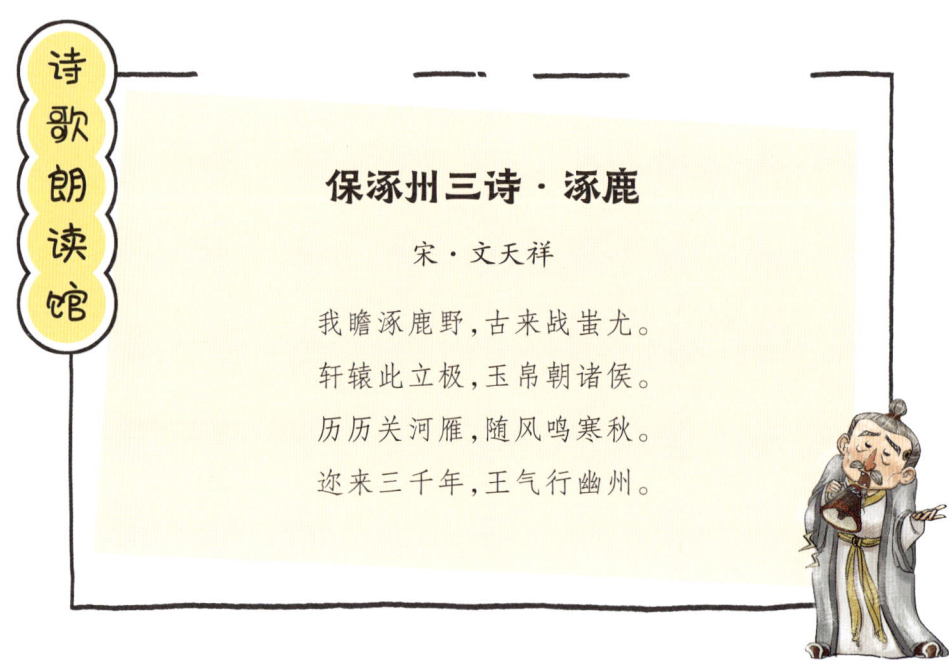

漫趣小古文

黄帝从天界请来应龙帮忙,蚩尤则邀来风伯和雨师呼风唤雨。

黄帝见招拆招,请来女魃(bá)迎战。

应龙借机接连击败好几个对手。

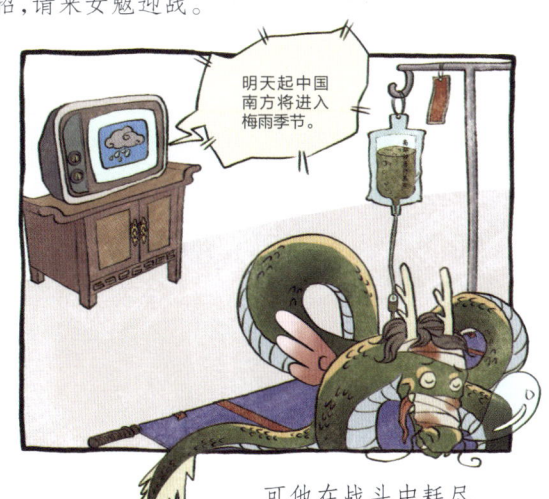

可他在战斗中耗尽了自身的神力,无法回到天界,只好去南方定居。

你知道吗

在《山海经》的神话体系中,蚩尤不仅请来夸父部落助阵,还请来风伯、雨师呼风唤雨。而黄帝则从天界请来应龙下界助战,又请来旱神女魃止住风雨,最终战胜了蚩尤。

来挑战吧

- 相传,黄帝是中华民族的始祖,是中华文明的奠基者和创始人。黄帝时代有一系列灿烂的制作和发明,你知道哪些事物是由黄帝发明的?

夸父逐日

夸父不量力，欲追日影，逐之于隅谷①之际。渴欲得饮，赴饮河②、渭③。河、渭不足，将走北饮大泽。未至，道渴而死。弃其杖，尸膏肉所浸，生邓林④。邓林弥广数千里焉。

——《列子·汤问》节选

注释：① 隅谷：古代传说中太阳落下的地方。 ②河：黄河。 ③渭：渭河，黄河最大的支流，发源于甘肃省渭源县，流经甘肃、陕西两省，从陕西省潼关县注入黄河。 ④邓林：桃树林。

故事是这样的

夸父想要追赶太阳的影子,一直追到太阳落下的地方。他口渴难耐,就跑去喝黄河、渭河的水。黄河、渭河的水不够喝了,又想跑去北边喝大湖里的水。还没跑到目的地,就因口渴而死了。他丢弃的手杖,被其尸体的脂膏和肌肉所浸润,生长出一片方圆数千里的桃树林。

诗歌朗读馆

读山海经十三首(其九)

东晋·陶渊明

夸父诞宏志,乃与日竞走。
俱至虞渊下,似若无胜负。
神力既殊妙,倾河焉足有。
余迹寄邓林,功竟在身后。

漫趣小古文

很久很久以前,有一位运动健将叫夸父,他决定追赶太阳的影子。

夸父越追越渴,一路喝光了黄河水和渭河水。他又想跑到北边喝大湖里的水,可他还未跑到大湖,就渴死在路上。

你知道吗

夸父逐日的故事在《山海经》里出现了两次。其中《山海经·大荒经》对夸父的身世有详细的记载,并记述了夸父的另一种死因:夸父是大地之母后土的孙子,属于炎帝部落,曾经帮助蚩尤对抗轩辕黄帝,最终被从天界下凡帮助轩辕黄帝的应龙杀死。

来挑战吧

- 结合你所了解的科学知识,试解释为何太阳每天从东边升起、从西边落下。

- 古人根据日照时间的长短,运用二十四节气来指导农业生产,你能依次说出这二十四个节气的名称吗?同时,请在日历中找出它们的位置。

后羿射日

逮至尧之时,十日并出。焦①禾稼,杀草木,而民无所食。猰㺄②、凿齿③、九婴④、大风⑤、封豨⑥、修蛇⑦皆为民害。尧乃使羿诛凿齿于畴华之野,杀九婴于凶水之上,缴⑧大风于青丘之泽,上射十日而下杀猰㺄,断修蛇于洞庭,禽封豨于桑林。万民皆喜,置尧以为天子。

——西汉·刘安《淮南子》节选

注释:①焦:烤焦。 ②猰㺄:传说中的食人猛兽,同下文的凿齿、九婴、大风、封豨、修蛇都为民害。 ③凿齿:据说居住在南部沼泽地带的人形怪兽,长有像凿子一样的长牙,手中持有盾和矛。 ④九婴:传说中长着九个脑袋的水火之怪。 ⑤大风:传说中一种凶猛的大鸟,飞时伴随大风,能破坏房屋。 ⑥封豨:传说中一种体型巨大的野猪。 ⑦修蛇:又称巴蛇,据说可以吞食大象。 ⑧缴:栓在箭上的生丝绳。

故事是这样的

到了尧帝的时代,十个太阳一起出来,烤焦了庄稼禾苗,晒死了花草树木,使百姓没有可吃的食物。猰貐、凿齿、九婴、大风、封豨、修蛇这些凶猛的禽兽一起出来残害百姓。于是尧帝派后羿去为民除害。后羿在南方泽地荒野里杀死凿齿,在北方凶水杀死九婴,在东方青丘的大湖里射杀大风,又引弓向天射太阳,向地射杀了猰貐,在洞庭射断修蛇,在桑林擒获封豨。百姓皆大欢喜,推举尧作天子。

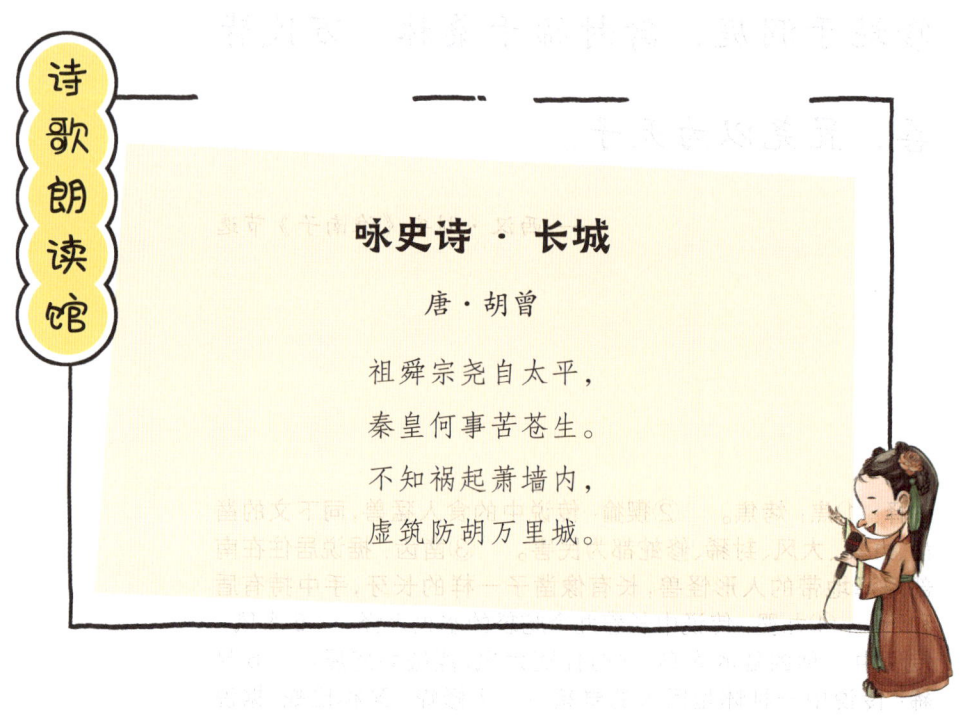

诗歌朗读馆

咏史诗·长城

唐·胡曾

祖舜宗尧自太平,
秦皇何事苦苍生。
不知祸起萧墙内,
虚筑防胡万里城。

漫趣小古文

后羿是天下第一神射手,很多人都想拜他为师,跟他学射箭。

后羿挑选徒弟,只看重射术。

没想到逢蒙另有企图。

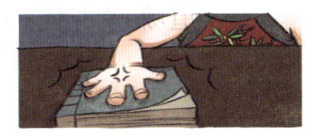

在一次打猎过程中,逢蒙偷偷射死了后羿。

你知道吗

真实历史中也有一个后羿,他是夏代有穷氏的首领,曾经驱逐了夏帝太康而代掌其国。后羿自恃射术高超,不理民事,沉溺于游猎,最终被臣子寒浞(zhuó)所杀。显然,这个与大禹的孙子太康同时代的后羿与尧帝时期的射日英雄后羿不是同一人。

来挑战吧

- 弓箭是古人最常用的一款远距离攻击武器,我们常用"一箭双雕""百步穿杨"形容神箭手的高超射术。除了后羿,你还知道哪些古代神箭手?他们有什么事迹?

嫦娥奔月

羿请无死之药于西王母,嫦娥①窃之以奔月。将往,枚筮②之于有黄③。有黄占之曰:"吉。翩翩归妹,独将西行。逢天晦芒,毋惊毋恐,后且大昌。"姮娥遂托身于月,是为蟾蜍④。

——东晋·干宝《搜神记》卷十四节选

注释:①嫦娥:羿的妻子,又称姮娥。 ②枚筮:用木条作为占卜工具的占卜之法。 ③有黄:人名,传说中的神巫。 ④蟾蜍:即蟾蜍。

故事是这样的

羿向西王母求得不死神药,嫦娥偷吃了药奔向了月亮。她动身之前,找有黄占卜。有黄给她占卜说:"卦象吉利。你翩翩飞去,独自西行。遇到天色昏暗,不要惊慌恐惧,黑暗过去后就会迎来光明。"于是嫦娥飞向月球并寄身其中,变为了一只蟾蜍。

诗歌朗读馆

嫦娥
唐·李商隐

云母屏风烛影深,
长河渐落晓星沉。
嫦娥应悔偷灵药,
碧海青天夜夜心。

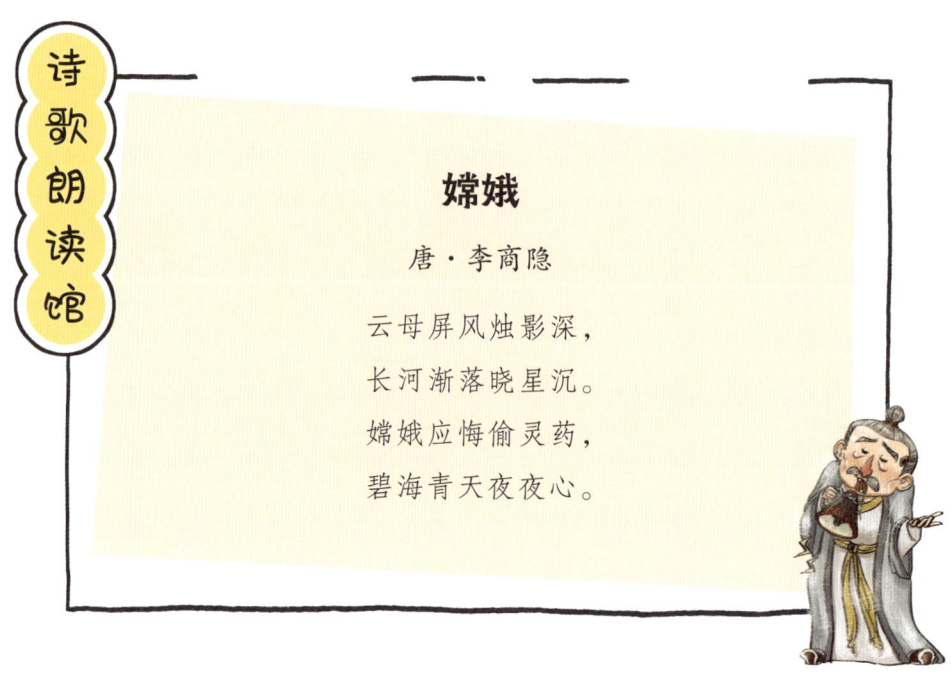

你知道吗

根据传世古籍的转引以及考古发掘出土的秦简,可知嫦娥奔月的故事最早记载在一部名叫《归藏》的古书中。最初的故事文本很简单,只交代了羿请不死药于西王母,嫦娥窃药奔月变为蟾蜍,并没有提到羿和嫦娥是什么关系,羿也不是射太阳的那个勇士。经过后世几千年的叠加演绎,渐渐地,羿与嫦娥被认为是夫妻关系;羿和射日英雄成了同一个人;月宫中的嫦娥保留了美丽女性的形象而非如上古文献记载的那样变成了一只癞蛤蟆。

来挑战吧

- 月亮的意象在中国文学中十分常见,你能说出多少句含有"月"的诗词?和你的爸爸妈妈或好朋友比一比。

舜耕历山

舜耕历山,渔雷泽,陶河滨,作什器于寿丘,就时①于负夏。舜父瞽②叟顽③,母嚚④,弟象傲,皆欲杀舜。舜顺适不失子道,兄弟孝慈。欲杀,不可得;即求,尝⑤在侧。

——西汉·司马迁《史记·五帝本纪》节选

注释:①就时:乘时,指乘时逐利,即行商做买卖。 ②瞽:(眼睛)瞎。 ③顽:愚昧。 ④嚚:奸诈;愚蠢而顽固。 ⑤尝:曾经。

故事是这样的

舜在历山耕过田,在雷泽打过鱼,在黄河岸边做过陶器,在寿丘制作过各种家用器物,在负夏做过买卖。舜的父亲瞽叟愚昧糊涂,母亲暴虐奸猾,弟弟象傲慢放肆,他们都想杀掉舜。舜却行事恭顺,从不违背为子之道,依然友爱兄弟、孝顺父母。他们几番想杀掉舜,都没能得逞;而当需要舜的时候,他又总是在身旁侍候着。

诗歌朗读馆

题舜庙

唐 · 张濯(zhuó)

古都遗庙出河濆(fén),万代千秋仰圣君。
蒲坂城边长逝水,苍梧野外不归云。
寥寥象设①魂应在,寂寂虞②篇德已闻。
向晚风吹庭下柏,犹疑琴曲韵南薰。

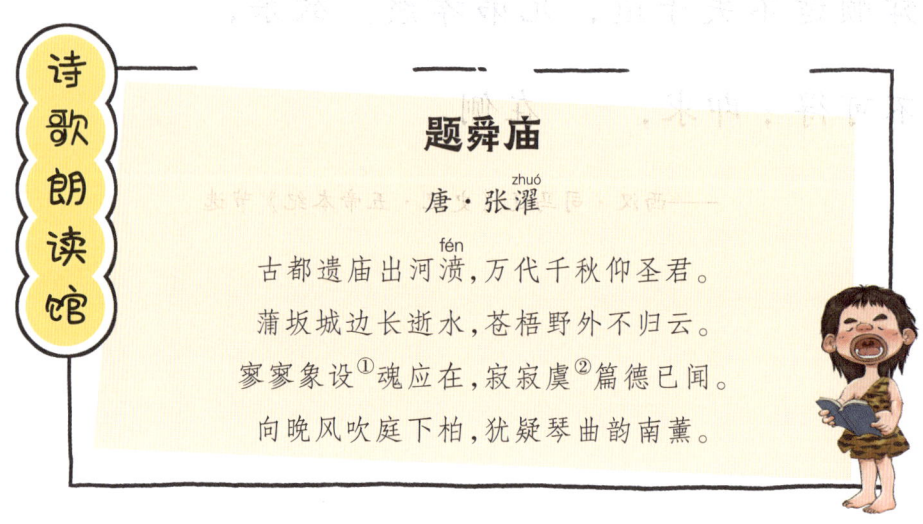

注释:①象设:原指佛像,后亦泛指遗像。 ②虞:传说为舜祖先的封地。

漫趣小古文

舜出生在一个很平凡的家庭。但他一点也不平凡。他勤劳地开垦土地,让大家不打架、懂礼貌,成了乡里百姓都敬重的榜样。

后来,他开始捕鱼打猎,人们都想成为他的邻居。于是,舜居住的地方,一年后变成了一个小村落,两年后变成了一个小城镇,三年后就变成了一个大都市。

尧帝听说了"三好青年"舜的故事,十分欣赏,便把两个女儿嫁给他,还赏赐了漂亮的衣服与精致的琴。

可舜的父亲、母亲和弟弟都十分嫉妒舜,好几次想害死舜,都被他机智地化解。事后舜依旧十分孝敬父母,疼爱兄弟。

尧帝老了之后,将帝位让给了舜,天下人都开心极了。

你知道吗

舜是轩辕黄帝的八世孙,名重华,是五帝之一。舜以孝闻名,得到四岳的推荐,经过尧的重重考验后,接替尧为帝。舜在位期间,流放四凶,任贤使能,任用皋陶管理五刑,任用大禹治理水土,任用后稷主管农业,任用契推行教化。晚年禅位于禹,乘车巡行天下,驾崩于苍梧之野,葬于零陵九嶷(yí)山。

来挑战吧

- 舜是中国上古时代的"五帝"之一。你知道"五帝"还有哪几位君王吗?

大禹治水

禹乃遂与益、后稷奉帝命，命诸侯百姓①兴②人徒③以傅④土，行山表木⑤，定高山大川。禹伤先人父⑥鲧功之不成受诛，乃劳身焦思，居外十三年，过家门不敢入。薄衣食，致孝于鬼神。卑宫室，致费于沟淢⑦。陆行乘车，水行乘船，泥行乘橇，山行乘檋⑧。左准绳，右规矩，载四时，以开九州，通九道，陂⑨九泽，度九山。

——西汉·司马迁《史记·夏本纪》节选

注释：①百姓：即百官，战国以前"百姓"是对贵族的通称。 ②兴：发动。 ③人徒：指被罚服劳役的人。 ④傅：分，指分治九州土地。 ⑤表木：立木头做标架。 ⑥先人父：死去的父亲。 ⑦沟淢：古代渠道深广四尺叫沟，深广八尺叫淢。这里泛指河道。 ⑧檋：古代一种鞋底安装有钉子的登山鞋；一说上山坐的滑竿一类的乘具。 ⑨陂：名词作动词，筑堤岸。

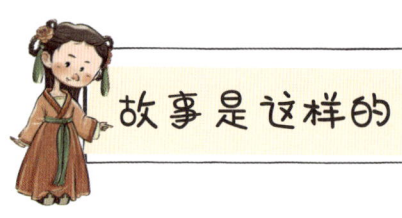

故事是这样的

大禹与伯益、后稷一起奉舜帝之命,命令诸侯百官发动那些被罚服劳役的人开展治水工作。他们穿山越岭,树立木桩作为标志,测定高山大川的形貌。大禹为父亲鲧因治水无功被杀而深感痛惜,于是不顾劳累,苦苦地思索,在外面生活了十三年,几次从家门前路过都没敢进去。他节衣缩食,对鬼神极尽虔诚。他居室简陋,将财物用于治理河川。在陆上他乘车行驶,在水中乘船航行,在泥沼中前行就乘木橇,在山地上行走就穿上檋。他左手拿着准和绳,右手拿着规和矩,遵循四季的自然规律而实施治水工程,进而开发了九州土地,疏通了九条河道,修筑了九个大湖的堤岸,勘测了九座大山。

诗歌朗读馆

登临晴川阁怀古赞颂大禹治水

宋·黄庭坚

晴川阁上望长江,茫茫水天拍繁华。
广厦飞桥光溢彩,匆匆碌碌无停息。
茫然一粟流何处?天涯路远是为家。
九州禹迹忘安乐,换却江山永泰宁。

漫趣小古文

在尧管理的时代,洪水泛滥,民不聊生。

于是尧派出鲧治理洪水。然而九年过去了,他还是没有成功。

舜只好又派鲧的儿子禹去治水。禹决定开凿山洞修建水道。

禹翻过山,淌过河,他亲自为洪水划定了好几条通行的水道。辛苦经营了十三年,他终于成功送走了洪水。

治水成功的禹,受到百姓欢迎,还受舜帝禅让成为下一任首领。

你知道吗

大禹因治水有功,受舜帝禅让而继承帝位。禹生前确立伯益为帝位继承人,然而禹的儿子启却受到诸侯的拥戴,在禹死后夺取了帝位。从此,帝位的传承方式从禅让变为了世袭,夏朝由此建立,禹成为了夏王朝的第一位君主。

来挑战吧

- 《尚书·禹贡》记载"禹别九州,随山浚川,任土作贡"。这是"九州"首次见于古代典籍。古代,人们把中国分为九州,常常用"九州"代指中国。你知道"九州"是指哪些地方吗?

愚公移山

太行、王屋二山，方七百里，高万仞①。本在冀州②之南，河阳③之北。

北山愚公者，年且④九十，面山而居。惩⑤山北之塞，出入之迂也，聚室而谋曰："吾与汝毕力平险，指通豫南，达于汉阴，可乎？"杂然相许。其妻献疑曰："以君之力，曾不能损魁父之丘⑥，如太行、王屋何？且焉置土石？"杂曰："投诸渤海之尾，隐土之北。"遂率子孙荷担者三夫，叩石垦壤，箕畚运于渤海

注释：①仞：古代长度单位，一仞约合七八尺。　②冀州：古九州之一，其地域包括今山西、河北、河南黄河以北、辽宁辽河以西地区。　③河阳：古邑名，故址在今河南省孟州市；一说是黄河北岸。　④且：将近。　⑤惩：苦于。　⑥魁父之丘：一座小山，在今河南省开封市境内。

之尾。邻人京城氏之孀妻①有遗男，始龀②，跳往助之。寒暑易节，始一反焉。

河曲智叟笑而止之，曰："甚矣，汝之不惠。以残年余力，曾不能毁山之一毛，其如土石何？"北山愚公长息曰："汝心之固，固不可彻，曾不若孀妻弱子。虽我之死，有子存焉；子又生孙，孙又生子；子又有子，子又有孙。子子孙孙，无穷匮也。而山不加增，何苦而不平？"河曲智叟亡③以应。

操蛇之神闻之，惧其不已也，告之于帝。帝感其诚，命夸娥氏二子负二山，一厝朔东，一厝雍南。自此，冀之南，汉之阴，无陇断焉。

——《列子·汤问》节选

注释：①孀妻：寡妇。 ②龀：换牙。 ③亡：通"无"。

故事是这样的

太行、王屋这两座山脉,方圆七百里,高达万仞,原本在冀州之南、河阳之北。

北山有一位叫愚公的老人,年纪将近九十岁了,面对着大山居住。他苦于大山阻断了南北的交通,来往都要绕道走,就把家人召集起来说道:"我与你们用尽毕生的精力铲平险阻、打通道路,使道路可以通往豫州南部并直达汉水南岸,行吗?"全家纷纷表示赞成。他的妻子提出了质疑:"凭你的力气,连小小的魁父山都移不动,更何况太行山、王屋山呢?况且挖出来的泥土、石块又该堆放在哪里呢?"大家纷纷说:"把它们扔到渤海的岸边,隐土的北面去。"于是,愚公便带领儿孙之中能挑担子的几个人,砸石头,挖泥土,用箕畚把土石运到渤海之滨。他的邻居京城氏的寡妇生的一个遗腹子,才刚到换牙的年纪,也蹦蹦跳跳地跑去帮忙。他们从冬到夏,才能往返一次。

河曲有个叫智叟的老人,嘲笑着劝阻愚公说:"你也太不聪明了。凭你老迈的年纪和残余的气力,尚不能拔掉山上的一棵小草,又能把泥土、石块怎么样呢?"愚公长叹一声,回答说:"你的思想太顽固了,顽固到了不可改变的地步,你简直还不如那个寡妇和小孩。即使我死了，还有我的儿子在呀！儿子生孙子，孙子又生儿子；儿子又生儿子，儿子又有了孙子；子子孙孙无穷无尽。但是山不会再增加了，还怕挖不平它吗？"河曲智叟无言以对。

山神听说了愚公挖山的事，害怕他们没完没了地挖下去，便去禀告天帝。天帝被愚公的诚心所感动，就命令夸娥氏的两个儿子背走了两座山，一座放在朔东，一座放在雍南。从此以后，冀州南部与汉水南岸之间再无大山阻隔。

诗歌朗读馆

山 海

宋·张耒

愚公移山宁不智，精卫填海未必痴。
深谷为陵岸为谷，海水亦有扬尘时。
杞人忧天固可笑，而不忧者安从知。
圣言世界有成坏，况此马体之毫厘。
老人行世头已白，见尽世间惟叹息。
俯眉袖手饱饭行，那更从人问通塞。

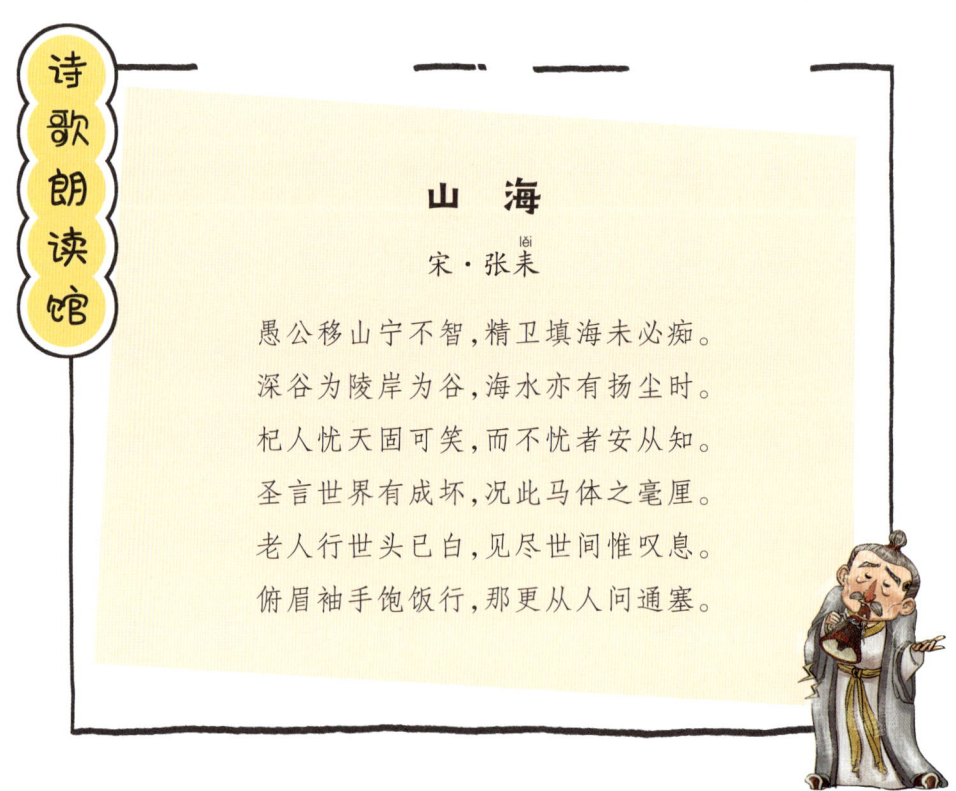

漫趣小古文

很久很久以前,在冀州的南边、河阳的北边,有两座大山。

在愚公的组织下,大家准备一起送走两座山。众人凿石挖土,邻居家的小孩都来帮忙了。

愚公的诚心感动了天帝,天帝派出夸娥氏的两个儿子背走了两座山,一座放在了朔东,一座放在了雍南。

自此,冀之南、汉之阴畅通无阻。

你知道吗

古代地名中常用"阴""阳"二字来表示与山川的相对位置。因为对于生活在北回归线以北的中原先民来说,太阳总是在南边,山的南坡和河的北岸都可以被阳光直射,所以是阳面,因此山南水北为阳,反之山北水南为阴。通过带有阴、阳二字的古代地名,我们就可以推断它们的相对位置,比如河阳、洛阳、泾阳分别位于黄河、洛河、泾河的北边,衡阳位于衡山的南边;华阴位于华山的北边,江阴、淮阴、汉阴分别位于长江、淮河、汉江的南边。

来挑战吧

- 抗日战争时期,太行山是抗日根据地,八路军常在太行山一带打游击。你知道有哪些动人的故事吗?试与大家分享。

老子的传说

老子修道德,其学以自隐无名为务。居周久之,见周之衰,乃遂去。至关①,关令②尹喜曰:"子将隐矣,强③为我著书。"于是老子乃④著书上下篇,言道德之意五千余言而去,莫知其所终。

——西汉·司马迁《史记·老子韩非列传》节选

注释:①关:一说是函谷关,在今河南省灵宝市境内;一说是散关,在今陕西省宝鸡市境内。 ②关令:把守关口的军政长官。 ③强:尽力。 ④乃:就,这才。

故事是这样的

老子研究"道德"的学问,他的学说以隐秘不求名声为主旨。老子在周住了很久,眼见周朝的衰落,于是愤然离去。到了关口,把守关口的长官尹喜说:"你将要隐居了,请勉为其难为我写本书吧!"于是,老子就写了一本书,分上下两篇,讲述道德之意,共五千多字,然后离去,从此再没有人知道他的下落。

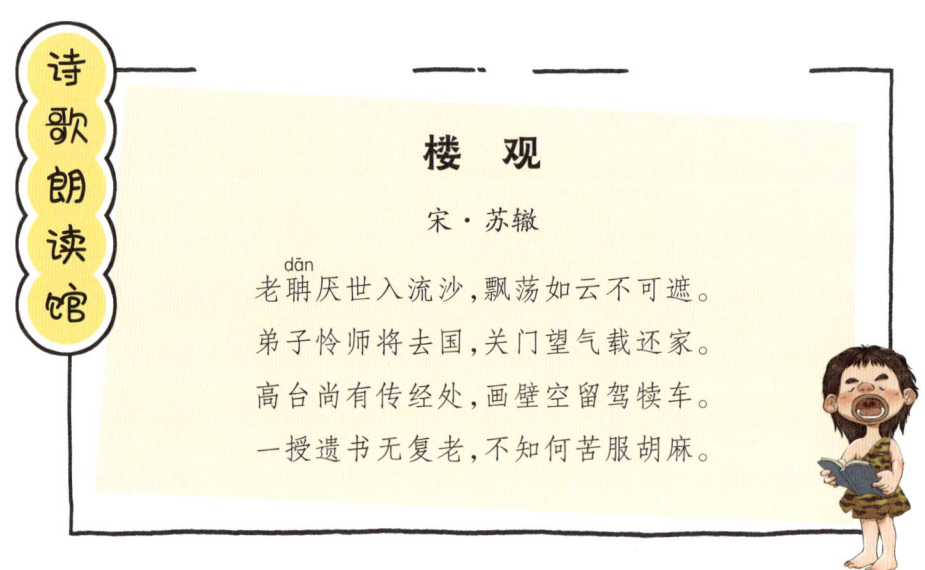

诗歌朗读馆

楼 观

宋·苏辙

老聃(dān)厌世入流沙,飘荡如云不可遮。
弟子怜师将去国,关门望气载还家。
高台尚有传经处,画壁空留驾犊车。
一授遗书无复老,不知何苦服胡麻。

你知道吗

相传,孔子曾向老子求教,老子对孔子说:"你所宣扬的那些人及其尸骨早就腐朽了,唯有他们的言论还在。君子生逢其时,就坐上车子去做官;不逢其时,就像蓬草一样随风转移,可止则止。我听说,会做生意的商人把财物储藏起来,看上去就像没有一样;具有高尚品德的君子,容貌谦恭就像愚钝的人一样。请把你身上的骄气与过剩的欲望、矜态与过多的志向通通丢弃,这些对于你自身都没有好处。我要告诉你的,就是这些而已。"

来挑战吧

- 老子是春秋时期道家的代表人物,也被奉为道教始祖,道教神祇太上老君就是以老子为原型塑造的。你能说出几个有关太上老君的故事吗?

孔子的传说

孔子贫①且贱②。及长，尝为季氏史③，料量平；尝为司职吏而畜蕃(chù fán)息④。由是⑤为司空⑥。已而去鲁，斥乎齐，逐乎宋、卫，困于陈蔡之间，于是反⑦鲁。孔子长九尺⑧有六寸，人皆谓之"长人"而异之。鲁复善待，由是反鲁。

——西汉·司马迁《史记·孔子世家》节选

注释：①贫：贫穷。　②贱：身份低微。　③史：小吏。　④蕃息：繁衍增多。　⑤由是：因此。　⑥司空：古代官名。　⑦反：通"返"，返回。　⑧尺：根据当前考古所得的战国时期的铜尺可知，古时一尺约合今 0.22～0.23 米。

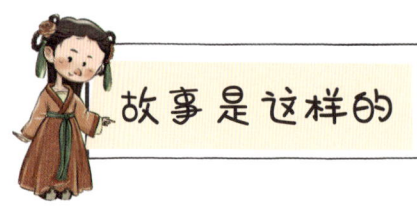

故事是这样的

孔子家境贫寒且地位低下。他曾经做过季氏手下的官吏,掌管仓储出纳准确无误;又曾做过管理畜牧业的司职吏,他养殖的牲畜生长繁殖得很快,因此做了鲁国的司空。后来孔子离开了鲁国,在齐国受到排挤,在宋国、卫国也遭到驱逐,在陈国、蔡国交界处遭遇围困。周游列国的孔子重新受到鲁国君臣的礼遇,最终重返鲁国。孔子身高九尺六寸,人们都称他为"长人",并且为他的身高而惊叹。

诗歌朗读馆

孔 子
宋·王安石

圣人道大能亦博,学者所得皆秋毫。
虽传古未有孔子,蠛蠓①何足知天高。
桓魋②武叔不量力,欲挠一草摇蟠桃。
颜回已自不可测,至死钻仰忘身劳。

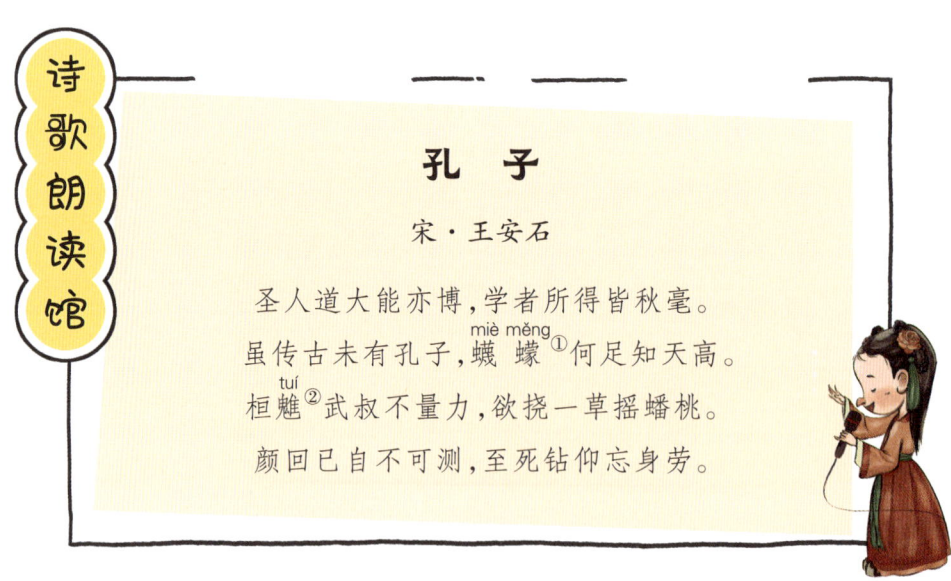

注释:①蠛蠓:虫名。 ②桓魋:春秋时期宋国人。

漫趣小古文

孔子的祖上是宋国的贵族,先祖是商朝的开国君主商汤。不过后来因为战乱,他的家族流浪到了鲁国。

年轻时,孔子做过仓库管理员,还养过牛羊。

后来他认真学习,努力向老子这些优秀的老师请教。最终他在三十岁的时候,创办了自己的学校。

孔子还曾在鲁国卷起一股讲礼貌的风潮。

不久,孔子来了一场说走就走的旅行,周游列国十四年。后来,他又整理了不少有名的书,像《诗》《书》《礼》《乐》《易》,还有《春秋》。

你知道吗

孔子名丘,字仲尼。孔子的祖上是宋国贵族,后遭内乱而逃奔鲁国。孔子出生于鲁国陬(zōu)邑(今山东曲阜),他一生推崇尧、舜、禹、汤等圣君的德行与周公旦制定的礼乐制度,开创了儒家学派。孔子晚年整理修订了《诗》《书》《礼》《乐》《易》《春秋》,发扬了儒家学说,他的言行与思想,由他的弟子与再传弟子记录在《论语》一书中,流传后世。自汉武帝时起,儒家学说受到历代帝王的推崇,对中国文化传统的塑造影响深远。

来挑战吧

- 传说孔子有弟子三千人,其中较著名的有七十二人。诵读《论语》,你能说出哪些孔子和他的弟子之间发生的有趣的故事?

干将莫邪

干将者，吴人。与欧冶①同师，俱作剑。前献剑一枚，阖闾②得而宝之。以故使干将造剑二枚，一曰干将，二曰莫邪。莫邪者，干将之妻名也。干将作剑采五山之精，合六合③之英，候天伺地，阴阳同光，百神临观，天气下降，而金铁之精未流。莫邪曰："子以憘④为剑闻于王，王使子作剑三年不成者，其有意乎？"干将曰："吾不知其理。"莫邪曰："夫神物之化，须人而成，

注释：①欧冶：欧冶子,春秋末期著名铸剑师。历史上著名的龙泉剑、湛卢剑、鱼肠剑皆由欧冶子所铸。 ②阖闾：春秋时期吴国的一位国君。 ③六合：上下和东西南北六个方向。 ④憘：古同"喜"。

今夫子作剑得无当得人而后成？"干将曰："昔吾师之作冶也，金铁之颖不消，夫妻俱入冶炉之中。"莫邪曰："先师亲烁(shuò)身以成物，妾何难也。"于是干将夫妻乃断发剪指投之炉中，使僮女三百鼓橐(tuó)①装炭，金铁乃濡(rú)②，遂以成剑。阳曰干将，而作龟文③；阴曰莫邪，而作漫理④。干将匿其阳出其阴而献之阖闾，阖闾甚惜之。

——宋·李昉等《太平御览》卷三百四十三节选

注释：①橐：鼓风吹火器。 ②濡：熔化。 ③龟文：如同龟壳的剑身纹理。 ④漫理：散漫无规律的剑身纹理。

故事是这样的

干将是吴国人,与欧冶子师出同门,二人都是铸剑大师。越国先前献给吴王一柄宝剑,吴王阖闾得到后十分珍爱,因此让干将打造两柄宝剑,一柄叫"干将",一柄叫"莫邪"。莫邪是干将妻子的名字。

干将铸剑,采来五方名山、四方上下的金铁精华,专等天宜地利、阴阳平衡,百神降临观光,天气下降交合时方才铸剑。不料炉内的精铁不能熔化流动。莫邪对干将说:"你因擅长铸剑而闻名于吴王,吴王派你铸剑,结果三年都没成功。这是什么原因?"干将说:"我不知道其中的道理。"莫邪说:"任何神物的变化,都得靠人的精诚奉献才能成功。如今你铸剑,是不是也得有人做出牺牲然后才能成功呢?"干将说:"当年我师傅冶炼铸物时,金属不能熔化,结果他夫妇二人一同投身炉中。"莫邪说:"先师知道牺牲自身来成就宝器,我也不难做到。"于是干将夫妇割下头发,剪下指甲,将它们投入炉中。再派三百童男童女拉风箱、添煤炭,炉中精铁才熔化,宝剑也随之铸成。将那柄阳剑命名为"干将",剑身纹理似龟文;阴剑命名为"莫邪",剑身纹理散漫无序。干将把阳剑藏好,把阴剑献给吴王阖闾,吴王阖闾非常珍爱它。

诗歌朗读馆

姑苏杂咏·干将墓

明·高启

干将善铸剑,
剑成终杀身。
吴伯亦遂亡,
神物岂不神。
始知服诸侯,
威武不及仁。
徒劳冶金铁,
精光动星辰。
莫邪应同埋,
荒草千古春。
青蛇冢间出,
犹欲恐耕人。

漫趣小古文

干将和莫邪是春秋时期一对有名的铸剑师,两人曾合力铸造了一对传说中的雌雄双剑。

干将还有一位手工了得的师弟,叫欧冶子。他一生铸造了很多名剑,像湛卢剑、鱼肠剑、龙泉剑。

湛卢宝剑,削铁如泥,锋利无双。

鱼肠剑短小而锋利,刺客将它藏在烤鱼肚子里,用来刺杀贪吃的吴王僚。

你知道吗

干将、莫邪夫妇是春秋时期著名的铸剑师。传说干将为某国君铸剑而被杀。干将将雌剑献给国君,把雄剑传给他与莫邪的遗腹子眉间尺。眉间尺长大后在一位壮士的帮助下用雄剑杀死了杀父仇人。杀害干将的国君是谁,众书说法不一,有说是"晋君",亦有说是"吴王"或者"楚王"。

来挑战吧

- 剑是冷兵器时代的一种常用兵器,中国古代有"十八般兵器",你知道它们是哪些兵器吗?请说出兵器的名称并试着画出该兵器的简图。

伯乐相马

秦穆公①谓伯乐曰:"子之年长矣,子姓②有可使求马者乎?"伯乐对曰:"良马可形容筋骨相也。天下之马者,若灭若没,若亡若失,若此者绝尘弭蹢(zhé)③。臣之子皆下才也,可告以良马,不可告以天下之马也。臣有所与共担纆(mò)④薪菜⑤者,有九方皋(gāo)⑥,此其于马非臣之下也。请见之。"

穆公见之,使行求马。三月而反,报曰:"已得之矣,在沙丘。"

注释:①秦穆公:春秋时期秦国国君。 ②子姓:子孙。 ③蹢:同"辙",车轮印。 ④担纆:挑担子。纆,绳索。 ⑤薪菜:砍柴,拾柴。薪,柴。菜,通"采"。 ⑥九方皋:一作"九方堙",姓九方,名皋,相传是春秋时善于相马的人。

穆公曰："何马也？"对曰："牝①而黄。"使人往取之，牡②而骊③。穆公不说，召伯乐而谓之曰："败矣，子所使求马者！色物、牝牡尚弗能知，又何马之能知也？"伯乐喟然太息曰："一至于此乎！是乃其所以千万臣而无数者也。若皋之所观，天机也，得其精而忘其粗，在其内而忘其外；见其所见，不见其所不见；视其所视，而遗其所不视。若皋之相者，乃有贵乎马者也。"马至，果天下之马也。

——《列子·说符》节选

注释：①牝：雌性动物。　②牡：雄性动物。　③骊：毛色纯黑色。

故事是这样的

秦穆公对伯乐说:"您的年纪太大了,您的子孙中有没有可以派去寻求良马的人才呢?"伯乐回答说:"良马可以凭形体、外貌和筋骨来鉴别,但天下稀有的骏马,它的气质在若有若无、或明或暗之间,像这样的马奔驰起来不沾染尘土,不留下印迹。我的子孙都是下等人才,可以教他们识别良马,但无法教他们识别天下稀有的骏马。我有一个曾经同我一起挑担子拾柴草的朋友,名叫九方皋,他相马的本领不在我之下。请让我引他来见您。"

穆公召见了九方皋,派他外出找马。过了三个月他回来报告说:"已经找到一匹好马,就在沙丘那边。"穆公问:"是什么样的马?"他回答:"是一匹黄色的母马。"穆公派人去沙丘取马,却是一匹黑色的公马。穆公很不高兴,把伯乐召来,对他说:"不行啊!你介绍的那位相马人,连马的颜色、雌雄都分辨不清,又怎能鉴别马的好坏呢?"

伯乐深深地叹了一口气,说:"竟到了这种地步了啊!这正是他比我高明不止千万倍的地方啊!九方皋所洞察的是天道,他观察到马内在的精髓而忽略它的表面现象;抓住了马的本质而忽略了它的外表;只看他所应看的东西,不看他所不必看的东西;只注意他所应注意的内容,而忽略他所不必注意的形式。像九方皋这样的相马术,已经超越了相马本身的境界。"

后来马送到了,果然是一匹天下稀有的骏马。

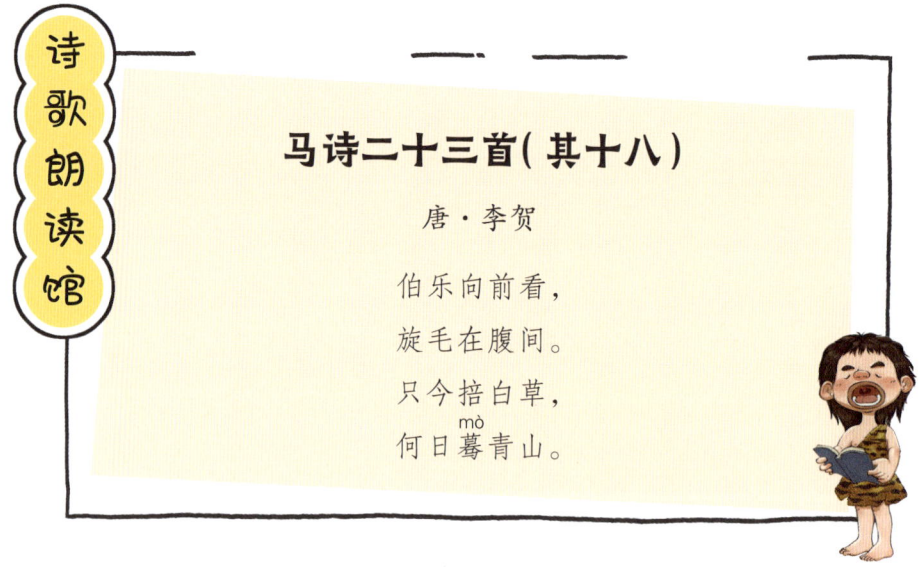

诗歌朗读馆

马诗二十三首(其十八)

唐·李贺

伯乐向前看,
旋毛在腹间。
只今掊白草,
何日暮青山。

你知道吗

伯乐,本名孙阳,春秋时期著名相马师,曾为秦穆公识别良马,著有《相马经》一部。20世纪70年代在长沙马王堆出土了一部失传已久的《相马经》,作者不详,未能被确认为由伯乐所著,但至少可以从中窥见我国古代相马术的发展水平。

来挑战吧

- 春秋时期有五位杰出的君主被合称为"春秋五霸",秦穆公就是"春秋五霸"之一。你知道"五霸"中另外几位是谁吗?

黄香温席

黄香,字文强,江夏安陆①人。父况为郡五官掾②。刘设教令署香门下孝子,数占见。况举孝廉③,贫无奴仆,香躬亲勤苦,尽心供养,冬无絮被,而亲极滋味。暑即扇床枕,寒即以身温席。

——东汉·刘珍等《东观汉记》节选

注释:①江夏安陆:江夏郡下辖的安陆县,在今湖北省云梦县、安陆市一带。 ②五官掾:汉代郡守的属官之一。 ③孝廉:由郡国向朝廷举荐的孝子、廉吏。

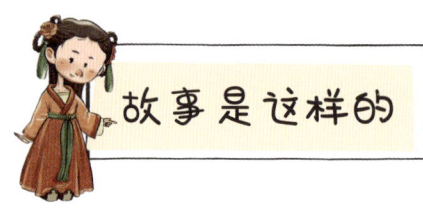

故事是这样的

黄香,字文强,江夏安陆人(今湖北安陆)。他的父亲黄况担任郡五官掾一职。黄况被举荐为孝廉,家境贫寒雇不起奴仆,黄香亲自侍奉父亲,尽心尽力。冬天,农田里没有时令蔬菜,黄香就去野外采集,让父亲在寒冬也能吃上新鲜的野菜。天热的时候,黄香就用扇子对着父亲的床和枕头扇风,让床和枕头更凉爽;天冷的时候,黄香就钻进父亲的被窝,用自己的体温温暖床和被子。

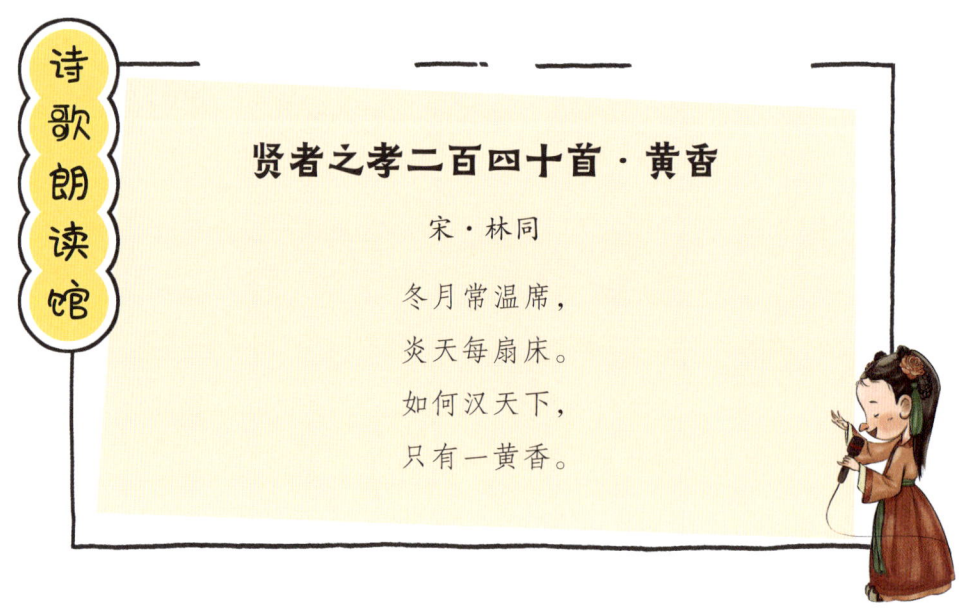

诗歌朗读馆

贤者之孝二百四十首·黄香

宋·林同

冬月常温席,
炎天每扇床。
如何汉天下,
只有一黄香。

漫趣小古文

东汉初年,安陆县有一个书生,名叫黄香。他九岁丧母,对父亲很孝顺。夏天为父亲驱赶蚊虫,冬天帮父亲暖被窝。

小黄香还写得一手好文章,甚至连京城的百姓都成了他的粉丝。

长大后的黄香不仅帮助皇帝处理内外公文,当太守时还拿出自己的工资救助有困难的百姓,号召富豪们做慈善。

黄香的后代们也很争气,他的儿子黄琼、曾孙黄琬都当上了太尉,他们家还出了一个大名鼎鼎的武将——黄盖。

你知道吗

《东观汉记》是一部记载东汉从光武帝至灵帝一百余年历史的纪传体断代史,因官府于东观设馆修史而得名。《东观汉记》由班固、刘珍、李尤、伏无忌、黄景、崔寔(shí)、蔡邕、杨彪、卢植等学者相继参与编撰,这些编撰者的生活年代几乎贯穿整个东汉时期,因此《东观汉记》的内容十分翔实。可惜,该书在此后一千多年的流传中逐渐散佚,今天所见仅有清代及当代人从古书里辑录出的若干语段。今人吴树平整理、校释的《东观汉记校注》一书堪称《东观汉记》整理与研究的集大成之作。

来挑战吧

- 黄香"扇枕温衾(qīn)"的故事被后世编入"二十四孝"。你还知道"二十四孝"的哪些故事呢?

孔融让梨

兄弟七人,融第六,幼有自然之性。年四岁时,每与诸兄共食梨,融辄①引小者。大人问其故,答曰:"我小儿,法②当取小者。"由是宗族奇③之。

——《融家传》节选

注释:①辄:总是,每次。 ②法:常理、常规,此处名词作状语,按理的意思。 ③奇:对……感到奇怪,赏识,赞赏。

故事是这样的

孔融兄弟七人,他排第六,孔融在幼年时就显露出纯真自然的天性。年仅四岁,每次与哥哥们吃梨,他都拿小的那个。大人问原因,孔融回答说:"我是小孩子,理当拿小的。"宗族中人因此对他赞叹有加。

诗歌朗读馆

示儿二首(其一)

宋·谢枋得

门户兴衰不自由,
乐天知命我无忧。
大儿安得孔文举,
生子何如孙仲谋。
天上麒麟元有数,
人间豚犬不须愁。
养男不教父之过,
莫视诗书如寇仇。

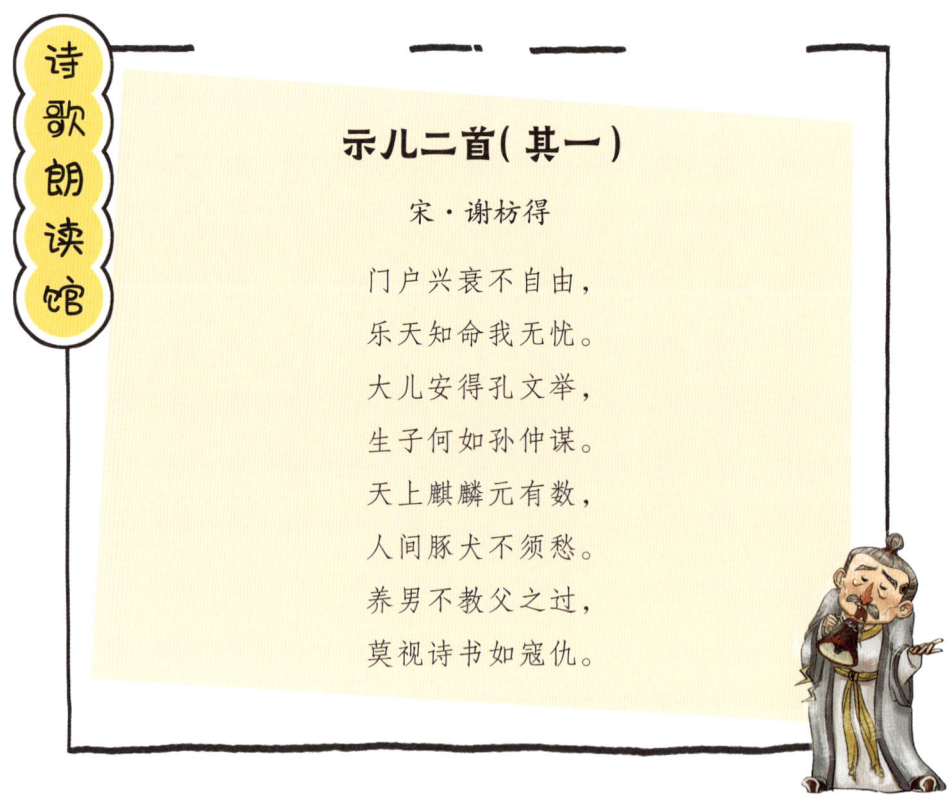

　　河南尹李膺(yīng)是当时的名士,平时只与熟人来往。十岁的孔融十分仰慕李膺,便想了一个能拜见到他的办法。

　　太中大夫陈炜后到,在场的宾客把孔融与李膺的对话告诉他。

　　人们听说了孔融与李膺机智的对话后,无不为孔融的才智点赞。

你知道吗

孔融,字文举,东汉末年文学家,为孔子的二十世孙。孔融少有异才,勤奋好学。汉献帝时期,他历任北军中侯、虎贲(bēn)中郎将、北海国相等职,所以后人又称呼他为"孔北海"。

来挑战吧

- "香九龄,能温席。孝于亲,所当执。融四岁,能让梨。弟于长,宜先知。"黄香和孔融二人虽年幼,却德行高尚,被作为榜样编入《三字经》中。《三字经》中还提到了"头悬梁""锥刺股""如囊萤""如映雪""如负薪""如挂角"六个发愤读书的故事,你知道这六个故事的主人翁分别是谁吗?

曹冲称象

邓哀王①冲字仓舒。少聪察岐嶷②，生五六岁，智意所及，有若成人之智。时孙权曾致③巨象，太祖④欲知其斤重，访之群下，咸⑤莫能出其理。冲曰："置象大船之上，而刻其水痕所至，称物以载之，则校⑥可知矣。"太祖大悦，即施行焉。

——西晋·陈寿《三国志·魏书》卷二十节选

注释：①邓哀王：曹冲的谥（shì）号，由魏明帝曹叡（ruì）追封。 ②岐嶷：指幼年聪慧。 ③致：送给，给予。 ④太祖：曹操。曹丕当了皇帝后，追尊曹操为魏太祖。 ⑤咸：都。 ⑥校：计算。

故事是这样的

邓哀王曹冲,字仓舒,幼年聪慧,才五六岁,智力水平就如成年人一般。有一次,孙权送来一头大象,曹操想知道大象的体重,就问自己的部下如何能够测量出这个庞然大物的体重,大家都不知道怎么办。曹冲说:"把大象放到一艘大船上,在船身没入水面的地方画一道线。再把大象赶上岸,往船上装物品直到划痕恰好与水面重合,最后称量船上物品的重量,就可以算出大象的体重了。"曹操很高兴,命人按照曹冲说的办法去做,成功地测出了大象的体重。

诗歌朗读馆

杂咏一百首·仓舒

宋·刘克庄

全活啮鞍吏,
平章秤象船。
丕乎真有幸,
舒也竟无年。

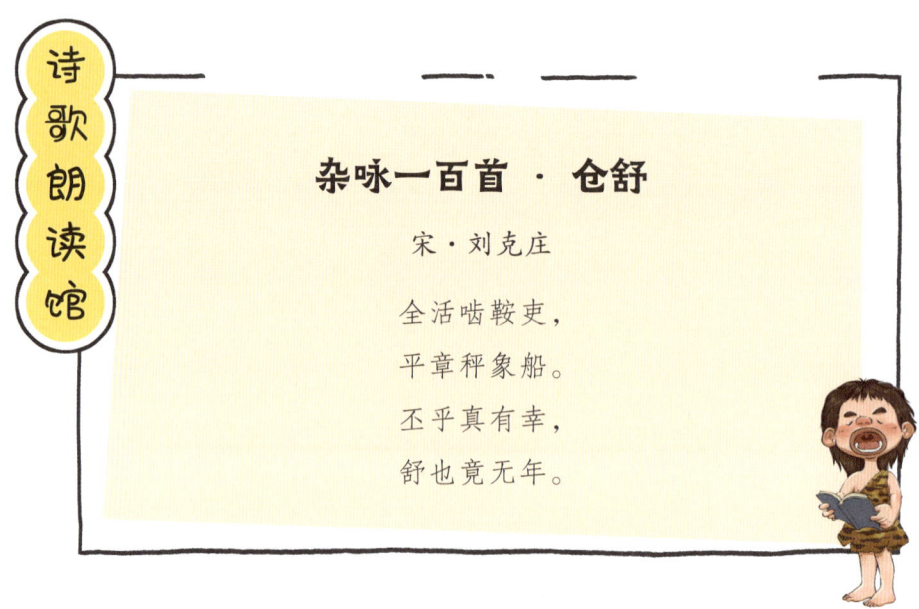

漫趣小古文

南方进献来一只十分漂亮的山鸡。

厨师端来美食诱惑山鸡,乐师用编钟、箜篌(kōng hóu)奏出悠扬的乐曲,可山鸡仍然无动于衷。

曹冲让人在山鸡面前立了一面镜子。山鸡以为来了一只想和自己比美的同类,便疯狂地跳起舞来,最终把自己累死了。

你知道吗

曹冲不仅以"神童"而闻名,还是一位宽仁敦厚的少年。曹操主政期间,刑法过于严苛,曾经有库吏因仓库里的马鞍被老鼠啃坏而忧惧,曹冲答应为其求情。曹冲用刀戳破自己的单衣,就像老鼠啃啮的一样,接着在曹操面前假装做出一副愁眉苦脸的样子,说:"民间传言衣服被老鼠啃啮,主人会不吉利,所以自己很担忧。"曹操开导他道:"那都是胡说,不用担心。"这时,库吏来报告马鞍被鼠咬之事,曹操笑着说道:"我儿子的衣服就在身边,仍难免被鼠咬,更何况悬挂在柱子上的马鞍呢?"于是不再追究。极为遗憾的是,曹冲十三岁即病逝,因而未能在东汉末年的风云变幻中有所作为。

来挑战吧

- 曹操是东汉时的著名政治家、军事家,也是通俗演义小说《三国演义》里的主要人物。你还知道哪些与曹操有关的故事?快和小伙伴们分享分享吧。
- 曹操、曹丕和曹植父子三人都是中国古代著名的诗人,他们创作了很多脍炙人口的诗篇,试着搜集曹操父子的诗歌。

木兰从军

昨夜见军帖，可汗①大点兵，军书十二②卷，卷卷有爷③名。阿爷无大儿，木兰无长兄，愿为市鞍马④，从此替爷征。

东市买骏马，西市买鞍鞯⑤，南市买辔(pèi)头⑥，北市买长鞭。旦辞爷娘去，暮宿黄河边，不闻爷娘唤女声，但闻黄河流水鸣溅溅。旦辞黄河去，暮至黑山⑦头，不闻爷娘唤女声，但闻燕(yān)山胡骑鸣啾啾。

注释：①可汗：我国古代西北地区民族对最高统治者的称呼。②十二：约数，并非准确的数字，形容很多。 ③爷：与下文的"阿爷"一样，都指父亲。 ④鞍马：泛指马匹和马具。 ⑤鞯：马鞍下的垫子。 ⑥辔头：驾驭牲口用的嚼子、笼头和缰绳。 ⑦黑山：和下文"燕山"，都是当时北方的山名。

万里赴戎机,关山度若飞。朔①气传金柝②,寒光照铁衣。将军百战死,壮士十年归。

归来见天子,天子坐明堂③。策勋十二转④,赏赐百千强⑤。可汗问所欲,木兰不用尚书郎,愿驰千里足,送儿还故乡。

——北宋·郭茂倩《乐府诗集》节选

注释:①朔:北方。 ②金柝:古代军中白天用来做饭、夜里用来打更的器具。 ③明堂:古代帝王举行大典的朝堂。 ④策勋十二转:记很大的功。策勋,记功。转,勋位每升一级叫一转,十二转为最高的勋级。十二转,约数,形容功劳极高。 ⑤赏赐百千强:赏赐很多的财物。百千,形容数量多。强,有余。

花木兰昨天晚上看见征兵文书,知道可汗在大规模征兵,那么多卷征兵文册,每一卷上都有父亲的名字。父亲没有成年的儿子,木兰没有兄长,木兰愿意为此到集市上去买马具和马匹,从此代替父亲去征战。

木兰在集市各处购齐马匹和马具。早晨离开父母,晚上宿营在黄河边,听不见父母呼唤女儿的声音,只能听到黄河水流淌的声音。早晨离开黄河,晚上到达黑山,听不见父母呼唤女儿的声音,只能听到燕山上胡兵战马的嘶鸣声。

不远万里奔赴战场,翻越重重山峰,行军如飞。北方寒冷的空气中传来打更声,清冷的月光映照着战士们的铠甲。将士们身经百战,有的为国捐躯,有的转战多年凯旋。

胜利归来朝见天子,天子在明堂之上召见归来的将士。天子授予木兰很高的勋衔,赏赐她很多财物。天子问木兰有什么要求,木兰说不愿做显赫的尚书郎,希望骑上千里马,送回到故乡。

漫趣小古文

朝廷颁布征兵文书,每家要有一个男丁参军。木兰犯愁了,爹爹年纪大,弟弟还小。思来想去,她决定女扮男装,替父从军。

木兰去市场买了一大堆征战用品,奔赴战场。

经过多年的征战,花木兰立下了不少的战功。

胜利归来,天子问木兰有什么要求,然而木兰想念父母,希望赶紧回到故乡。

回到家后,木兰重新穿上了女装。战友们都惊呆了。同行十二年,不知木兰是女郎。

诗歌朗读馆

题木兰庙

唐·杜牧

弯弓征战作男儿,
梦里曾经与画眉。
几度思归还把酒,
拂云堆上祝明妃。

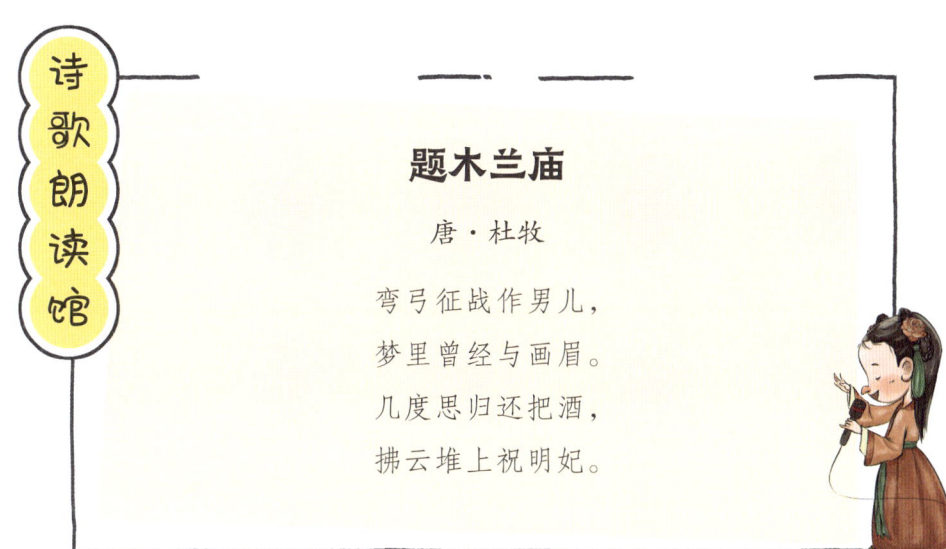

你知道吗

《乐府诗集》是由北宋人郭茂倩整理编撰的一部乐府诗歌总集。《乐府诗集》收录了从汉魏到隋唐五代各个时期的乐府诗或相近体裁的歌辞,朗朗上口的《陌上桑》《木兰诗》《孔雀东南飞》《敕勒歌》等古代诗歌都被编入其中,流传至今。

来挑战吧

- 花木兰替父从军,抵御外侮,保家卫国,是著名的女英雄。你还知道哪些女英雄的故事?分享给大家吧。

图书在版编目（CIP）数据

中国经典民间故事 / 徐日辉主编；张欣编写．—杭州：浙江教育出版社，2022.12
（半小时漫画小古文）
ISBN 978-7-5722-3563-4

Ⅰ．①中… Ⅱ．①徐… ②张… Ⅲ．①民间故事—作品集—中国 Ⅳ．① I277.3

中国版本图书馆 CIP 数据核字（2022）第 090932 号

责任编辑	汪　晖	责任校对	李晓鹇　池　清
美术编辑	曾国兴	责任印务	曹雨辰
内文插图	阿　持	装帧设计	乐读文化

半小时漫画小古文
中国经典民间故事
ZHONGGUO JINGDIAN MINJIAN GUSHI

徐日辉　主编　　张　欣　编写

出版发行	浙江教育出版社
	（杭州市天目山路 40 号　电话：0571-85170300-80928）
激光照排	杭州乐读文化创意有限公司
印　　刷	杭州富春印务有限公司
开　　本	787mm×1092mm　1/16
印　　张	6.25
字　　数	125000
版　　次	2022 年 12 月第 1 版
印　　次	2022 年 12 月第 1 次印刷
标准书号	ISBN 978-7-5722-3563-4
定　　价	39.80 元

版权所有·侵权必究
如有印、装质量问题，请与本社市场营销部联系调换。
联系电话：0571-88909719